D1556666

COLLECTION FOLIO

Sempé

SAUVE
QUI
PEUT

Denoël

Certains dessins de l'édition en grand format de Sauve qui peut *ne figurent pas dans cette présente édition à cause de l'impossibilité de les réduire.*

1

2

3

4

5

6

7

8

9

sempé

1

2

3

4

5

6

— J'aurais aimé que tu sois quand je t'ai rencontré un artiste pauvre et malade. Je t'aurais soigné. Je t'aurais aidé de toutes mes forces. Nous aurions eu des périodes de découragement, mais aussi des moments de joie intense. Je t'aurais évité, dans la mesure de mes possibilités, tous les mille et un tracas de la vie afin que tu te consacres à ton art. Et puis, petit à petit, ton talent se serait affirmé. Tu serais devenu un grand artiste admiré et adulé, et, un jour tu m'aurais quittée pour une femme plus belle et plus jeune. C'est ça que je ne te pardonne pas!

3

4

5

6

7

→

8

9

10

11

12

13

14

15

16

1

2

3

4

5

6

1

2

3

4

5

6

7

4

5

6

7

8

9

sempé

1

2

3

4

5

6

7

8

9

10

11

12

13

Sempé

14

— *Ensemble, nous allons relire votre pièce. Puis, après, nous y ajouterons par-ci, par-là, quelques gags désopilants.*

— J'ai vu Lambert hier soir. Il est figurant dans **Lucrèce Borgia**. *Tous les soirs ils ont : hors-d'œuvre, entrée, plat (viande ou poisson) garni, fromage ou dessert...*

— J'ai modifié tout le deuxième acte, Lucienne, dis-moi ce
que tu en penses...

— *Mais non, Monsieur Martin, on n'a pas changé une ligne de votre pièce; on en prend une autre...*

1

2

3

4

5

6

7

sempé

8

— *La six chevaux 800 cm³ de cylindrée,*
au point de vue moulin ça vaut rien!!!

— *Bonne nuit petit monstre!*

BIENVE
AUX
TOURIST

— *Bien entendu, tous les frais de déplacement et de séjour*
seront à notre charge.
Aussi,
Dans l'espoir d'une réponse favorable,
veuillez agréer, Mesdames Brigitte Bardot et Françoise
Sagan, nos respectueuses salutations.

1

2

3

4

5

6

7

8

9

vieux con !

10

sempé.

1

2

3

4

5

6

7

8

9

10

— *Couché!*

— *16 blanc-cassis, 11 pastis, 7 menthes à l'eau, 11 Claquesin,*
5 cognacs, 1 Schweppes, 13 demis, 6 bocks, 23 Martini,
9 vermouths, 5 armagnacs, 1 Suze, 1 citron pressé,
2 Orangina, 7 Dubonnet et 1 Perrier-citron...

1

2

3

4

5

6

7

8

9

1

2

3

4

5

2

3

4

5

6

7

8

9

10

11

12

13

14

15

16

17

18

19

20

21

22

1

2

5

6

7

8

1

2

3

4

5

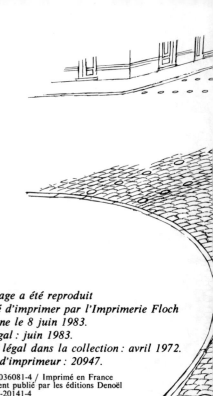

Cet ouvrage a été reproduit
et achevé d'imprimer par l'Imprimerie Floch
à Mayenne le 8 juin 1983.
Dépôt légal : juin 1983.
1ᵉʳ dépôt légal dans la collection : avril 1972.
Numéro d'imprimeur : 20947.

ISBN 2-07-036081-4 / Imprimé en France
Précédemment publié par les éditions Denoël
ISBN 2-207-20141-4

Sempé 1964.